AF465704

LETTRE

A MESSIEURS

LES TROIS CENTS

NOUVEAUX REPRÉSENTANS

DE LA COMMUNE DE PARIS,

Sur le besoin urgent d'une Constitution Municipale, & sur le vice des mesures prises pour l'établir.

Nota. *Cette Lettre a été adressée par l'Auteur, le jour même de sa date, à l'Assemblée des Représentans.*

1789.

A MESSIEURS

Messieurs les 300 nouveaux REPRÉSENTANS de la Commune de Paris.

MESSIEURS,

Rien n'est plus décourageant que les auspices sous lesquels vous venez d'être nommés, & votre position est mille fois plus épineuse que celle des cent quatre-vingt Citoyens que vous êtes chargés de remplacer.

Tous les liens de l'ordre public sont rompus ; l'habitude du repos & de la subordination qui contenoit encore un peu des hommes long-temps endormis sous le joug du despotisme, s'efface & s'oublie de plus en plus. Un hiver effrayant s'avance à grands pas ; la force publique diminue de jour en jour ; le découragement ou la dissolution s'emparent de toutes les ames ; & l'anarchie, loin de tendre à sa fin, ne fait qu'affermir son empire, étendre ses moyens, & prendre plus de consistance.

Un seul remède est capable de prévenir les

maux qui nous attendent ; & ce remède eſt une Conſtitution municipale. Êtes-vous appelés à la former, ou n'êtes-vous encore, comme vos prédéceſſeurs, que deſtinés à la préparer ?

Vous vous regardez encore comme proviſoires, & c'eſt le proviſoire qui perd tout ; c'eſt ce proviſoire éternel qui prolonge les incertitudes, alarme les Citoyens, intimide les foibles, déconcerte les plus courageux, ſoutient l'eſpoir des mécontens & des mal-intentionnés : c'eſt ce proviſoire ſeul qui cauſe tous nos maux ; & vous n'êtes encore que proviſoires !

Oui, Meſſieurs, une Conſtitution peut ſeule nous ſauver, & le proviſoire n'eſt point une Conſtitution. Les Peuples les plus accoutumés à l'ordre, les plus attachés aux devoirs de la Société, ont beſoin d'autorité & de Magiſtrats, ont beſoin d'un appareil qui en impoſe, & d'un frein qui retienne. Cette conſidération morale qu'inſpirent le choix, les talens, & juſqu'à la vertu, ne peuvent ſuppléer chez ces Peuples même, au répreſſif empire d'une forme connue de Gouvernement, d'un pouvoir établi, d'une force publique & conſtituée ; & ce n'eſt point à un Peuple immenſe, abandonné à lui-même, depuis trop peu de temps encore échappé de ſes chaînes pour ſavoir n'être que libre, que peut ſuffire l'autorité précaire, incertaine & chancelante de 300 Volontaires, ſans autre miſſion que des élections orageuſes, ſans autre force que leur zèle, ſans autre titre que des talens & des vertus ſans doute; mais que ne connoiſſent que ceux qui les ont nommés, & dont, pour chacun d'eux, les 59 ſoixantièmes de la Capitale ſont malheureuſement réduits à douter.

Non, Meſſieurs, ce n'eſt point encore une Conſtitution qu'une telle Aſſemblée, &, je le répète, une Conſtitution eſt le ſeul remède à nos maux préſens & à ceux plus terribles qui nous menacent. Une Conſtitution, une Conſtitution; voilà ce qu'il nous faut, voilà ce qu'il nous faut tout-à-l'heure, à l'inſtant même, & non pas des Aſſemblées toujours proviſoires, & non pas des Repréſentans nouveaux, qui ne différeront des premiers que par leur nombre, & qui n'oſeront, de long-temps encore, en différer par leurs pouvoirs.

Vos prédéceſſeurs ont rédigé un plan de Municipalité, & ce travail eſt encore inutile. Croyez-vous que le vôtre le ſera moins? Vous vous en flatteriez en vain, ſi vous êtes auſſi modérés qu'eux. Vous ſerez réduits, comme eux, à faire bientôt place à d'autres, ſi vous ne prenez ſur vous d'en faire davantage, & de ſubſtituer enfin une autorité, même quelconque, pourvu qu'elle ſoit fixe, viſible & impoſante, aux vagues opérations d'une Aſſemblée qui n'oſe qu'inviter, qui n'a pas ſous elle de Magiſtrats, d'*Exécuteurs* qu'elle puiſſe diriger, & qui, toujours entraînée par le courant des affaires, ſans ancre ni bouſſole au milieu de la tempête, ſe voit ſans ceſſe réduite à dériver, ſe trouve ſans ceſſe en-deçà ou au-delà d'une route qu'elle ne peut pas tenir.

De moindres maux, de moindres riſques ont, dans les Républiques anciennes, appelé des Dictateurs. Il nous en faudroit un, & nous n'échapperons peut-être que par ce moyen à la ſubverſion totale qui nous menace. Mais où le prendre, ce Dictateur ? Où chercher ce pouvoir ſuprême qui commande à l'opinion, à l'audace, aux funeſtes écarts d'une liberté dégénérée en licence ? Nous ne le redemanderons pas, ſans doute, à ce Deſpotiſme que notre courage a chaſſé de nos murs, & qui rode encore à l'entour, en ſe flattant d'un rappel. Nous ne le conferons pas non-plus aux paſſions d'un Homme ou d'un Corps diſpoſé à en uſer arbitrairement, & dont aucun frein ne retiendroit les écarts. Ce pouvoir eſt néceſſaire ; une Conſtitution en eſt le frein : ayons donc une Conſtitution.

Toute Conſtitution ſe compoſe de deux élémens, du *vouloir* & de *l'agir* (1). Le vouloir résout, l'agir exécute, & l'agir ne doit exécuter que ce que le vouloir a résolu.

Le vouloir doit être commun, ou en termes plus clairs, la Loi doit être l'expression de la volonté commune. L'agir doit être partiel, ou autrement, l'exécution doit être confiée à un seul ou à quelques-uns.

La séparation bien distincte de ces deux élémens est aussi essentielle que leur existence. Le vouloir doit diriger & surveiller l'agir; l'agir ne peut donc être dans les mêmes mains que le vouloir. Si tous non-seulement veulent, mais exécutent, c'est l'anarchie. Si quelques-uns exécutent tout à-la-fois & peuvent vouloir, c'est l'aristocratie ou le despotisme.

Il faut donc que le vouloir soit d'un côté & l'agir de l'autre. Il faut que la Commune veuille, & que ses Magistrats exécutent; & telle est la base première de toute Constitution, même municipale.

Au-delà d'une certaine étendue, la Commune tombe dans le cas d'un grand Empire. Les moyens physiques lui manquent pour exercer par elle-même son droit de vouloir; elle doit,

---

(1) Les mots ici ne sont pas de moi; ils sont de M. de Mirabeau : mais cela ne fait rien à la chose.

pour en jouir, le confier à des Mandataires de ſon choix; elle doit ſe nommer des Repréſentans.

Les Repréſentans ne ſont pas la Commune. Vouloir les y ſubſtituer d'une manière abſolue & indéfinie, ſeroit lui ôter ſes droits pour les leur tranſmettre, ce ſeroit anéantir réellement cette Commune.

Les Repréſentans doivent tenir à la Commune; ils doivent la repréſenter, mais non s'y ſubſtituer; ils doivent donc en dépendre; & trois moyens également eſſentiels s'offrent de les contenir: l'élection libre & générale, la révocabilité, & l'aſſujettiſſement à des inſtructions.

La Commune, dans une grande ville, ſe compoſe donc de deux élémens; des Aſſemblées de Diſtricts qui nomment, inſtruiſent & peuvent révoquer leurs Mandataires, & de l'Aſſemblée de ces Mandataires ou Repréſentans, qui veulent, pour la Commune & en ſon nom, chacun de la part du Diſtrict qui les a nommés.

Reſte l'agir, ou les Magiſtrats. L'agir, nous l'avons vu, doit être ſéparé du vouloir. Il réſulte de ce principe que ni les Repréſentans ne peuvent être Magiſtrats, ni les Magiſtrats ne peuvent être Repréſentans.

Les Repréſentans ne peuvent être Magiſtrats; s'ils le ſont, la Commune s'en défie; elle réclame ſon droit de ſurveillance; elle veut l'exercer; elle veut vouloir, elle veut ſuivre l'exécution ; bientôt elle veut exécuter elle-même. Chaque Diſtrict oublie la confiance dont ſon choix étoit le gage. La vertu même de ſes Députés ne le raſſure pas ; il ne connoît pas les autres, & les ſiens n'en forment que le ſoixantième. Il s'inquiète, il s'agite, il obſerve, il murmure, il déſavoue, il ſe ſoulève. Mille mouvemens divers pouſſent l'Adminiſtration en des ſens oppoſés, une anarchie horrible s'établit ; & tel eſt l'état où nous ſommes.

Les Magiſtrats ne peuvent pas non plus être Repréſentans. Un Magiſtrat n'a pas le droit de vouloir, il n'a que celui d'ordonner ; & lors même qu'il ordonne, ce n'eſt pas lui qui veut, il ne fait qu'exécuter ce que d'autres ont voulu. S'il pouvoit vouloir, il ſeroit deſpote.

Ce n'eſt donc pas une Conſtitution qu'une Aſſemblée, même de trois cents, même de ſix cents, même de douze cents Membres, ſi ces Membres ſont indifféremment & à la fois Repréſentans & Magiſtrats ; ſi les Magiſtrats qu'elle nomme deviennent Magiſtrats & reſtent Repréſentans ; ſi les Repréſentans qui la compoſent arrivent à la Magiſtrature ſans quitter la repréſentation (1).

(1) C'eſt ce qui doit réſulter de l'exécution des Titres III

Le droit de vouloir comprend celui de surveiller : car ce seroit souvent en vain qu'on voudroit, si l'on n'avoit le droit de s'assurer que ce qu'on a voulu s'exécute. L'Assemblée des Représentans n'est donc pas seulement une Assemblée faiseuse de Loix, elle est encore, & même plus constamment, une Assemblée surveillante. C'est une raison de plus pour exclure tout Magistrat de la représentation, comme tout Représentant de la Magistrature. Le Magistrat est comptable, le Surveillant est Receveur de compte. Admettre le Magistrat à la surveillance, seroit l'admettre à se surveiller lui-même, ce seroit admettre le comptable à recevoir son propre compte, ce seroit admettre la Partie à devenir son propre Juge.

Le moyen d'exclure à son tour chaque Magistrat de la représentation lors de l'examen particulier de sa propre gestion (1), n'est qu'une élusion très-dangereuse. Indépendamment de cette surveillance générale qui doit peser à la fois & en tout temps sur tout l'ensemble de l'Administration, & dont le besoin autorise à en exclure constamment tous les Magistrats, tandis

---

& IV, & sur-tout de l'Article 7 du Titre IV du plan de Municipalité.

(1) Titre IV, Article 7 du plan de Municipalité.

que l'Aſſemblée ſurveillante ne s'aſſemblera que rarement & par intervalles, les Magiſtrats ſeront toujours réunis & aſſemblés. Bornés en nombre, liés entr'eux par leur intérêt commun autant que par l'enſemble & les rapports continuels de leurs fonctions, ils formeront un Corps; ils auront un eſprit de Corps, un intérêt de Corps. Ils ſeront portés à s'entendre, à ſe ménager, à s'excuſer les uns les autres. Appelés tour-à-tour à juger ſes Collègues, chacun d'eux aura l'occaſion d'acheter leur indulgence par la ſienne propre; chacun d'eux aura intérêt à entretenir avec ſes Collègues un pervers & funeſte commerce de complaiſances & de bons offices.

En vain on prétendroit qu'admettre les Magiſtrats à l'Aſſemblée ſurveillante, ſeroit y admettre des perſonnes intéreſſées à diſcuter l'exercice de l'Adminiſtration (1). N'eſt-il pas évident au contraire que ce ſeroit y introduire des perſonnes intéreſſées à ce que cet exercice ne fût pas diſcuté de trop près? En vain encore on vous diroit que ce mélange des deux Corps pré-

---

(1) Ce ſont les propres mots de M. Briſſot de Warville, dans ſon Diſcours à l'Aſſemblée des Repréſentans, imprimé ſous le titre de *Motifs des Commiſſaires*, &c. *Voyez* ces Motifs, page 18.

viendroit les jaloufies & la difcorde (1). Eh! ne fait-on pas que le premier garant de toute bonne furveillance, eft le peu d'accord entre les furveillans & les furveillés; que tout fe corrompt, qu'il n'y a même plus de furveillance du moment où ils s'entendent; que leur méfintelligence, loin de gêner l'Adminiftration, ne fait au contraire que lui donner plus de nerf, de reffort & d'intérêt? ne fait-on pas que la liberté du Peuple n'a pas de plus fure, pas de plus active, pas de plus defirable défenfe, que les défiances, les rivalités, l'animofité même, entre ceux qui le repréfentent, & ceux qui le gouvernent (2)?

---

(1) Ce font encore les propres mots de M. Briffot de Warville, même page.

(2) M. Briffot de Warville n'a pas tout-à-fait méconnu ces principes, & ils femblent avoir fervi de bafe à une efpèce de petite rivalité établie entre les Affeffeurs & les vingt-un Membres du Bureau de Ville. Mais fi cette méfintelligence peut, comme il le dit, embarraffer l'Adminiftration, c'eft fur-tout entre les Membres de cette Adminiftration, & non pas entre ces Membres & leurs Surveillans. Or, c'eft précifément entre ces Membres qu'il veut l'établir; c'eft précifément entre ces Membres & leurs Surveillans, qu'il veut l'éviter. Voyez encore quels motifs il emploie, pag. 13 & 14, pour juftifier l'attribution aux feuls Repréfentans de la nomination des Membres du Confeil; il eft difficile de rien dire de plus foible, de plus incertain, de moins raffurant.

Ah ! Meſſieurs, ſi nous voulons être libres, ſachons ſortir enfin de ces petits ménagemens, de ces petits tempéramens, de ces petites envies de tout pacifier & de tout concilier, qui ne ſervirent jamais que le deſpotiſme, & que dédaignèrent toujours les enfans inquiets, défians & courageux de la liberté. Si nous en ſommes dignes, de cette auguſte liberté, ſachons en préférer les turbulentes agitations, à la paix trompeuſe, à latrop ſéduiſante léthargie de la ſervitude. C'eſt de ces agitations, c'eſt de ces paſſions actives, & même tumultueuſes, que naît, que s'entretient & ſe ranime cet eſprit public qui nous manque, & que nous n'acquérons que par elles. Les craindre, c'eſt nous trahir nous-mêmes ; vouloir les détruire, c'eſt redemander les fers que nous venons de briſer. C'eſt déjà bien aſſez d'établir que nos Magiſtrats ſeront choiſis parmi nos Repréſentans (1), de diſpoſer peut-être par-là ces Repréſentans à donner d'avance l'exemple d'une indulgence qu'ils ſeront bien aiſes par la ſuite de trouver pour eux-mêmes, de jeter par-là dans les élections de Diſtricts les âpres mouvemens d'une ambition intéreſſée, les reſſorts immoraux de la cabale &

(1) Titre II, article 2 ; & Titre IV, article 2 du Plan de Municipalité.

de l'intrigue. Un grand moyen de corruption pour une Aſſemblée Nationale, eſt de laiſſer à ſes Membres l'eſpoir d'arriver aux fonctions qu'ils ſont tenus de ſurveiller. C'eſt ce vice qui mine de toutes parts la Conſtitution Angloiſe, & il eſt bien effrayant pour l'avenir d'obſerver que, dès la renaiſſance de notre liberté, une faute pareille ait été parmi nous le premier gage de la paix entre la Nation & ſon Roi. Mais, il faut l'avouer cependant, il y a loin des intérêts locaux d'une Municipalité à ceux plus généraux & plus vaſtes de l'adminiſtration d'un grand Empire. Ceux-ci ont par eux-mêmes une grandeur & un attrait capables de ſuffire à l'ambition. Privés de ces grands motifs de gloire, les premiers ont beſoin peut-être que l'eſpoir d'arriver aux places ſoutienne le zèle qu'ils devroient inſpirer ; & le rapport du nombre des places avec celui des prétendans étant ſuſceptible de rendre cet eſpoir plus général & plus probable, il peut réſulter un avantage de ce vice même : c'eſt que le deſir de ſuccéder plus vîte, & la jalouſie ſur-tout de n'avoir pas été préféré, concourent à rendre la ſurveillance plus active & plus ſévère.

Ces principes poſés, ces conſidérations admiſes, que nous faut-il donc pour avoir une Conſtitution municipale ? Un vouloir & un agir, une Surveillance & une Adminiſtration, des Repréſentans & des Magiſtrats. Cela eſt-il ſi long, ſi difficile à établir ? Le plan de Municipalité renferme ces deux élémens : il propoſe une Aſſemblée de Repréſentans : il propoſe un Corps de Ville : que faut-il de plus pour une Conſtitution ?

Ce plan renferme des vices, il eſt vrai, & j'en ai déjà moi-même indiqué quelques-uns ; mais dans un plan de cette eſpèce, il peut s'en trouver de deux ſortes : des vices généraux, & qui touchent aux baſes mêmes, aux premières fondations de l'édifice ; des vices partiels, & qui ne touchent qu'aux détails progreſſifs & ultérieurs de l'exécution. Rien ne feroit plus dangereux ſans doute que de laiſſer établir les premiers. Ils feroient de nature à tout corrompre dès l'origine, à prévenir ſur-tout à jamais toute poſſibilité future d'amélioration. Mais les ſeconds méritent plus d'indulgence. Ils en méritent d'autant plus, qu'une fois les baſes bien poſées, la machine a tout ce qu'il faut pour ſe perfectionner d'elle-meme, qu'il feroit dangereux de vouloir tout prévoir, tout finir à la fois, que la multiplicité ſeule des objets nuiroit trop en ce cas à la ſageſſe de la diſcuſſion, & qu'il eſt non-ſeulement prudent, mais indiſpenſable de laiſſer quelque choſe à faire au temps & à l'expérience.

Admettre en entier le plan de Municipalité

ſeroit dangereux, puiſqu'il contient des vices, & que quelques-uns de ces vices ſont eſſentiellement contraires aux principes d'une véritable Conſtitution. Mais le rejeter en entier, mais regarder même encore comme proviſoires, & ne vouloir pas encore admettre en définitif les détails qui s'y trouvent conformes à ces principes, tendroit à différer, à remettre à un autre travail cette Conſtitution ſans laquelle nous allons périr, & ſeroit dès-lors encore plus dangereux. Prenons donc le milieu entre ces deux écueils, & n'imitons pas l'imprudence de celui qui, preſſé de ſe loger, & recevant de ſon Architecte un projet dont le plan ſeroit bon & les élévations mauvaiſes, prendroit un autre Architecte, ou le forceroit à changer ce plan même, au-lieu de le tracer d'abord, ſauf à corriger dans le cours de l'exécution quelques détails ultérieurs.

L'Aſſemblée des 180 a commis une grande faute, en ne ſachant pas ſaiſir ce juſte milieu. Les murmures l'ont effrayée, le courage lui a manqué; ainſi déconcertée, elle n'a plus vu le but auquel ſon travail devoit tendre, & en renonçant aux premières baſes, aux ſeules véritables baſes de ce travail, en ne propoſant aux Diſtricts, par ſon Arrêté du 30 Août, que l'examen des Titres III, IV & V, de ſon plan de Municipalité, elle a réduit ces Diſtricts à une diſcuſſion

discussion inutile, insoluble même, & qui ne peut conduire à rien de définitif.

Je relis ce plan. J'y trouve un Titre II intitulé : *Organisation générale de la Municipalité*, & j'y vois, en cinq articles seulement, toutes les bases essentielles d'une bonne Constitution. J'y vois le vouloir, j'y vois l'agir ; j'y vois même l'indication de ces Assemblées élémentaires, dont les Surveillans, comme les Surveillés, doivent également émaner & dépendre : & je ne comprends pas pourquoi l'Assemblée des 180, sacrifiant cette partie si précieuse de son travail, celle qui devoit servir de base à tout, ne nous a pas proposé d'examiner & de sanctionner même définitivement ce Titre II, au-lieu de nous réduire à l'examen & à l'admission, encore provisoire, des Titres III, IV & V.

Je vois, il est vrai, trois corrections à faire à ce Titre II ; mais de ces trois corrections, il n'en est qu'une seule d'essentielle, c'est-à-dire, qu'il soit dangereux de remettre à un autre temps.

La première porte sur l'Article 3, relatif à l'établissement d'un Bureau de Ville. Ce Bureau, annoncé comme une des bases de *l'organisation générale*, ne pourroit, sous ce point-de-vue, être considéré que comme un Corps séparé, une espèce d'intermédiaire entre le vouloir & l'agir,

& qui, revêtu d'une autorité distincte, & destructive peut-être, ou tout au moins ennemie de celle du reste du Corps exécutif, tendroit ou à détruire l'unité si desirable de la force active, ou à se la réserver tout entière à lui seul. Ce n'est pas ainsi, sans doute, que l'ont conçu les Rédacteurs du Plan de Municipalité. Ils ont pu sentir l'utilité qu'il y aura probablement à former au sein de l'Administration exécutive, une espèce de Comité central, une sorte de Bureau général d'Administration, destiné à établir de l'harmonie entre les Départemens, à rapprocher leurs décisions, à les soumettre à une unité précieuse de principes, & même à décider provisoirement les cas d'Administration générale, ou de conflits de Départemens. Mais je ne vois en cela qu'une nouvelle division du Corps exécutif, une espèce de dixième Département destiné à lier tous les autres, mais faisant corps avec eux, & non susceptible dès-lors d'être compris parmi les bases de l'organisation générale. Il y a lieu par conséquent de regarder cet Article 3 comme une simple transposition, comme une simple anticipation sur l'organisation détaillée & ultérieure des branches de l'Administration exécutive ; & la correction à faire à cet égard, se réduit à un simple transport de cet Article 3 au Titre VIII, ou *des Départemens*, pour être, sous ce Titre, examiné, discuté & rédigé ainsi qu'il appartiendra.

La seconde correction que j'aye à proposer au Titre II, porte sur la fixation à 60 seulement du nombre des Magistrats ou Administrateurs destinés à former le Corps exécutif. Ce nombre est évidemment insuffisant, & je ne m'arrêterai pas, Messieurs, à vous le prouver; vous ne tarderez pas à vous en convaincre par vous mêmes, dès les premiers mouvemens de la machine une fois constituée. Je ne m'arrêterai pas non plus à vous rappeler combien il importe à la confiance & à la sûreté publique de rendre très-nombreux les Départemens chargés d'un grand détail, & surtout ceux dont les objets pourroient, par leur nature, éveiller la cupidité, & donner lieu à des coalitions intéressées. On sait que ces coalitions & les prévarications qu'elles entraînent, ne sont que trop sujettes à s'établir, lorsque le petit nombre des Administrateurs semble les inviter à s'entendre. On sait que plus de tels Administrateurs sont nombreux, moins il leur est aisé de se concerter, plus ils ont à craindre qu'il ne se glisse parmi eux quelque malheureux honnête homme capable d'éclairer leurs manœuvres. Vous le sentirez, Messieurs; & tout ce qui en résultera, sera d'augmenter, à temps & suivant le besoin, le nombre des Membres du Corps exécutif. L'essentiel est que ce Corps existe, qu'il entre en activité, & qu'il soit sur-tout séparé du Corps de la Surveillance. Quant au nombre de ses Membres, il est indifférent aux bases premières de la Constitution, & ma correction se réduit dès-lors à ce que l'on ne statue pas, dès-à-présent & définitivement, sur ce nombre.

Ma troisième correction est plus importante, Messieurs, & je n'en ai déjà prouvé que trop l'indispensable nécessité; elle porte sur la clause qui attribueroit séance & voix délibérative dans l'Assemblée Surveillante à qui que ce fût des Membres du Corps exécutif, sauf seulement le Maire & le Commandant Général. J'en ai dit assez sur cet objet pour n'avoir pas besoin d'y revenir.

Ainsi, au moyen de la simple suppression de l'Article 3; au moyen d'un simple amendement à l'Article 2, lequel seroit ainsi conçu : *L'Administration journalière des objets attribués à la Municipalité, la jurisdiction qui y est attachée, & le soin d'exécuter les décisions, résolutions & réglemens faits par l'Assemblée Générale, seront confiés à un Corps suffisamment nombreux de Magistrats, élus à temps par elle, ou sur sa présentation par les Districts, pris dans le sein de cette Assemblée, mais où, du moment de leur nomination, ils cesseront d'avoir séance & voix délibérative.* ..... Au moyen, dis-je, de cette ſimple ſuppreſſion & de ce ſeul amendement, la ratification définitive du Titre II par les Diſtricts ſuffiſoit pour nous donner dès ce moment une Conſtitution; & vous conviendrez, ſans doute, Meſſieurs, que vos Prédéceſſeurs euſſent bien mieux poſé la queſtion s'ils nous euſſent invités à diſcuter ce titre, au-lieu de nous morfondre en pure perte ſur les Titres III, IV & V.

Quant aux Titres ſuivans, tout s'arrangeoit de ſoi-même, & vous aviez du temps de reſte pour y ſtatuer. Une ſeule queſtion première pouvoit vous arrêter : c'étoit le parti à prendre relativement à votre Aſſemblée une fois réduite par la ſouſtraction des Magiſtrats que vous allez nommer. C'étoit de décider ſi, après avoir prélevé ſur l'Aſſemblée des Repréſentans ſoixante ou cent vingt Membres deſtinés à former le Corps de Magiſtrature, & déſormais exclus de cette Aſſemblée, on ſe contenteroit de la laiſſer à deux cents quarante, ou même à cent quatre-vingt Membres, ou ſi on lui reſtitueroit ces Membres ſouſtraits par une nomination ſupplétive de pareil nombre de Citoyens à faire par les Diſtricts.

L'objet de l'Aſſemblée des Repréſentans eſt de *repréſenter* la Commune; & l'on ſait qu'une Repréſentation eſt d'autant plus parfaite qu'elle eſt plus nombreuſe. Si la Commune pouvoit s'aſſembler en une ſeule Salle, comme celle d'un village ou d'un bourg, ſi même les Aſſemblées de Diſtricts, qui ne ſont autre choſe que cette Commune en nature, avoient quelque moyen prompt & facile de s'accorder & de s'entendre, la Commune feroit par elle même, & n'auroit pas beſoin d'une Aſſemblée de Repréſentans. Le ſecond objet de cette Aſſemblée ſera de ſurveiller les Adminiſtrateurs. La ſurveillance publique, générale même, eſt la plus ſûre de toutes; & ſans la crainte d'expoſer l'Adminiſtration aux troubles aveugles & dangereux de l'inquiſition populaire; ſans la néceſſité où cette crainte met la Commune de reſtreindre ſa ſurveillance à celle d'un nombre d'hommes ſages, inſtruits, choiſis par elle, & révocables, cette Commune ſurveilleroit elle-même, Meſſieurs, & n'auroit pas beſoin d'ériger à ſa place une Aſſemblée de Surveillans. Cette Aſſemblée ne ſauroit donc être trop nombreuſe. Plus elle le ſera, mieux elle repréſentera la Commune, mieux elle ſurveillera, mieux elle réuſſira à inſpirer la confiance, à prévenir les inquiétudes, à en impoſer aux émotions.

Ce feroit une erreur que de vouloir en régler le nombre d'après celui qui a paru ſuffiſant pour repréſenter la France entière à l'Aſſemblée Nationale. Cette proportion ne donneroit que quarante Membres à l'Aſſemblée de nos Repréſentans Municipaux, & je n'ai beſoin que d'énoncer ce réſultat pour prouver la fauſſeté du principe. Les intérêts ſoumis à la diſcuſſion d'une Aſſemblée Nationale, ſont trop généraux, trop vaſtes pour être conſidérés ſous le même point-de-vue que les intérêts locaux d'une Municipalité. Ce n'eſt pas le nombre de l'une qui doit régler le nombre de l'autre, c'eſt la diviſion intrinsèque des objets, c'eſt la multiplicité abſolue des matières qui doivent occuper celle-ci. Tel objet, tel intérêt d'adminiſtration municipale eſt ſuſceptible, dans ſon ſein, de détails, de ſubdiviſions très-nombreuſes & très-intéreſſantes, qui, vu de la hauteur où ſe place l'Aſſemblée Nationale, ne ſeroit plus qu'un point imperceptible de la maſſe plus générale, & à peine viſible elle-même, à laquelle il eſt ſubordonné.

Non, Meſſieurs, l'évaluation propoſée par le plan de Municipalité n'eſt point exceſſive, & ce n'eſt certainement pas trop que trois cents Repréſentans pour une Commune telle que celle de Paris. Songez que très-ſouvent vos Aſſemblées ne ſeront pas complettes. Obſervez ſur-tout que les Magiſtrats qui ſeront pris dans cette Aſſemblée ne pourront l'être d'une manière qui correfponde egalement à la division des Districts. Tel fournira plusieurs hommes propres à l'exercice de l'Administration, tel autre n'en fournira pas un seul. Voulût-on négliger cette considération, & statuer par exemple qu'aucun District ne pourra fournir plus de Députés qu'un autre à la formation de la Magistrature, l'inégalité nécessaire de la distribution de ces Députés dans les divers départemens réduiroit à rien l'égalité d'influence que les Districts auroient cru s'assurer par-là sur chacun de ces départemens, égalité inutile, impraticable même, puisqu'il n'existe d'autre moyen de l'établir que d'appeler un Député de chaque District dans chacun des neuf ou dix départemens qu'il s'agit d'établir. Mais, si par ces raisons les Districts doivent attacher peu de prix à leur influence respective dans la formation du Corps exécutif, il n'en est pas de même à l'égard du Corps de surveillance, & tout les autorise à y réclamer une parfaite & constante égalité de représentation. Or, cette égalité une fois rompue par l'inégalité de leur concurrence à la nomination des Magistrats, il est arithmétiquement évident qu'à moins de renvoyer des Membres de celles des Députations qui resteroient plus intactes pour les mettre au niveau des autres, & cela ne peut se proposer, il faudra au contraire rendre celles-ci égales en nombre à celles qui n'auroient pas été diminuées, & appeler dès-lors leurs Districts à en remplacer à mesure les Membres soustraits par la nomination supplétive d'un pareil nombre de nouveaux Députés.

Tout cela, Messieurs, simplifie singulièrement les premières opérations que vous ayez à faire. Nommez les Magistrats; n'en nommez d'abord que soixante, si vous croyez que cela suffise : mais rendez immédiatement un compte public de votre choix, ainsi que de la distribution, assignation, répartition, même numérique, de chacun de ces départemens. Une précaution également essentielle, & qui vous conciliera singulièrement la confiance, sera de ne point nommer vous-mêmes, mais de renvoyer à nommer aux Districts, sur votre présentation, ceux des Magistrats dont le choix importeroit davantage aux intérêts généraux de la Commune. Le plan de municipalité offre de très-sages mesures à suivre sur les formes de cette présentation, dans les articles 3, 4 & suivans du Titre VI. Il en a restreint l'usage au Maire & au Commandant-Général. Vous ferez bien de l'étendre à quelque autres Magistratures principales, telles que les Présidences de départemens, & sur-tout l'Office si important du Procureur-Général ou Syndic de la Commune.

Cette nomination faite, annoncez aux Districts la nécessité de compléter votre Assemblée, en la reportant par de nouvelles nominations au nombre de trois cents Membres ; & invitez en conséquence ceux des Districts dont un ou plusieurs Députés auroient été nommés à quelque Office de Magistrature, à les remplacer immédiatement, par une élection supplétive.

Vous en ferez de même, à mesure qu'il surviendra de nouvelles vacances dans les soixante Députations de cinq Membres chacune, dont votre Assemblée doit rester composée, & sur-tout dans le cas où le besoin vous obligeroit à augmenter progressivement le nombre des Magistrats. Cette marche une fois établie, vous serez moins gênés sur le degré précis de ces augmentations ; vous pourrez ne les faire, si vous voulez, que de dix, de quinze, de vingt Membres, & non pas toujours de soixante ; & vous en serez quittes pour ne demander à mesure à chaque District, que le nombre de Membres que ces recrues auront enlevés à sa Députation respective.

Quant à tous les autres détails qu'il a plu aux Rédacteurs de faire entrer dans le plan de Constitution municipale, comme les opérations que je viens d'avoir l'honneur de vous indiquer, suffiront seules à nous donner cette constitution,

& que le reste n'en doit être regardé que comme des dérivations, des conséquences ou des développemens ultérieurs, vous pourrez y statuer ou faire statuer plus à votre aise, & profiter, pour le faire plus sûrement, des lumières, de l'expérience, & des observations, que le mouvement de la machine une fois en activité, sera progressivement dans le cas de vous procurer. Les bases seront posées, le reste sera le fruit moins pressé du temps qui mûrit & perfectionne toutes les institutions.

Vous réformerez, par exemple, très-probablement, cet article 2 du titre IX qui statue que les Présidens seuls auront la décision & la signature des affaires de leurs Départemens. C'est donner à ces Présidens un pouvoir absolu, c'est ne laisser à leurs Assesseurs qu'un pouvoir précaire, & dès-lors inutile. A quoi bon donner un Conseil à ces Présidens, s'ils sont maîtres d'en compter le vœu pour rien ? C'est bien assez de leur laisser la prééminence, la signature même, leur séance au Bureau de la Ville, si vous établissez ce Département ; & sur-tout la distribution arbitraire du travail & des rapports entre leurs Assesseurs. Les Présidens de Districts n'en ont pas tant à beaucoup près dans leurs Comités, & ce seroit restreindre à ces neuf Présidens, c'est-à-dire, à neuf Membres, tout le Corps exécutif ; ce seroit réduire tous les autres à la plus passive inutilité, que de ne pas interdire à ces Présidens toute décision qui ne seroit pas délibérée & consentie par leurs Assesseurs.

Vous réformerez sans doute encore, Messieurs, cet article I du titre XVI qui, non seulement limite à une par an, les Assemblées ordinaires des Districts, mais en soumet arbitrairement la convocation aux seuls ordres du Bureau ou Département particulier, indiqué sous le nom de Bureau de Ville. Il n'appartient, Messieurs, ni au plan, ni à vous, ni à aucun pouvoir au monde, d'assigner désormais des limites à l'indépendance des Assemblées élémentaires. Si le besoin de prévenir la confusion & les troubles peut nous engager à confier à cet égard quelque autorité à nos Mandataires, ce n'est que comme indicateurs qu'ils doivent l'exercer, & non point comme Magistrats donnant des ordres à leurs Commettans. A plus forte raison, ce droit ne peut-il pas être à la disposition arbitraire de ce que le plan nomme un Bureau de Ville, & la seule règle qu'il convienne de porter sur cet objet, est que chaque District pourra s'assembler quand il sera nécessaire à ses intérêts, soit en vertu de la convocation qui en seroit faite par son Comité, soit en vertu de la demande qui en seroit formée à ce Comité, par ſes cinq Repréſentans reſpectifs dans l'Aſſemblée de la Commune.

Vous examinerez probablement encore s'il convient de laiſſer ſubſiſter l'article 9 du titre III, qui borne vos Aſſemblées à deux par an. Vous examinerez ſi, chargés relativement à la Capitale & à ſa Magiſtrature, des mêmes fonctions que l'Aſſemblée Nationale à l'égard de la Nation & du Roi, il vous convient de reſpecter une telle diſpoſition, lorſque cette Aſſemblée Nationale vient de reconnoître ſi énergiquement la néceſſité de ſa permanence; ſi la ſurveillance d'une Aſſemblée toujours en activité, eſt ſuſceptible de quelques intervalles; ſi l'extraordinaire qu'un intervalle de ſix mois donneroit à vos convocations, ne conduiroit pas inſenſiblement à les faire tomber en déſuétude, ſi l'habitude & le rapprochement des époques ne ſont pas les principes conſervateurs de tout droit de s'aſſembler. Vous propoſerez ſans doute une autre règle, & l'intérêt particulier & bien naturel que vous aurez à ne pas laiſſer dépérir l'autorité qui vous eſt confiée, peut nous répondre de votre zèle.

Il eſt encore deux queſtions utiles à décider d'avance, Meſſieurs; l'une ſur la durée de cinq ans, aſſignée à la repréſentation de chacun d'entre vous par l'article 3 du Titre III; l'autre ſur l'article 6 du Titre XVI, qui établit l'un des

Députés Repréſentans à la Ville Préſident-né de ſon Diſtrict. Je ſais que ce terme de cinq ans, qui a paru trop long à beaucoup de monde, eſt ſingulièrement modifié par la ſortie annuelle d'un cinquième des Membres ; mais il en reſtera toujours quâtre cinquièmes d'anciens, & je crains bien que cette proportion ne ſoit trop forte. Quant à la Préſidence du Diſtrict, elle tendroit à donner aux Repréſentans une autorité quelconque, & néceſſairement illégale ſur leurs Commettans, & je penſe que rien ne porteroit plus d'atteinte au principe ſi ſacré de l'indépendance des Aſſemblées élémentaires. Au ſurplus, Meſſieurs, vous êtes nommés, & ce n'eſt déjà plus à vous qu'il appartient de juger ces deux queſtions. C'eſt de vous qu'il s'agit, de vos droits, de votre autorité, de votre influence, & vous devenez parties au procès. Il eſt de votre devoir de vous tenir en garde contre vous-mêmes, & ſur-tout contre ce goût d'adminiſtrer, capable de ſéduire les ames les plus honnêtes, & de les entraîner, ſans qu'elles s'en doutent, à retenir ou à étendre plus qu'elles ne le doivent, une autorité qui ne leur appartient pas, & dont elles ne ſont que les dépoſitaires reſponſables. Il eſt donc également de votre devoir de ne rien prendre ſur vous à l'égard de ces deux queſtions, de vous y déclarer incompétens, & de les renvoyer abſolument, & le plus tôt poſſible, à la déciſion des Diſtricts.

J'ai beau, Meſſieurs, relire les autres articles du plan de municipalité, & rechercher s'il en eſt encore dont l'admiſſion ou le refus puiſſent ſuſpendre l'établiſſement définitif d'une Conſtitution ſuffiſante; j'en vois peu qui ne ſoient ſuſceptibles, ou d'être conſervés, ou d'être proviſoirement tolérés pour enſuite être réformés ſans effort & comme d'eux-mêmes, par le progrès ſucceſſif des lumières & de l'expérience. Ceux que j'ai indiqués comme devant être corrigés avant tout, montent au plus à 10 ſur près de 140, dont le projet eſt compoſé (1). Faites-en l'extrait, Meſſieurs, corrigez-les, formez de leur réunion une loi courte, claire & préciſe, promulguez-la, & nous jouirons de ce moment même d'une véritable Conſtitution municipale. Vous le voyez, à quoi ſe réduit le travail le plus eſſentiel dont vous ſoyez chargés; vous ſentez combien il ſeroit dangereux de retarder une opération ſans laquelle nous ſommes à chaque inſtant menacés de la plus terrible des révolutions. Sortez donc du proviſoire, Meſſieurs, ſortez-en; c'eſt au

(1) Articles 2 & 3 du Titre II; Articles 3, 7 & 9 du Titre III; Article 2 du Titre IX; Article 1 du Titre XII; Articles 1 & 6 du Titre XVI.

nom de la Patrie, c'est au nom de votre sûreté personnelle que je vous en conjure. Tant que nous n'aurons pas de Constitution, vous serez forcés de vous charger de l'exécution provisoire; tant que vous y serez forcés, vous resterez Magistrats, le Peuple ne pourra vous regarder comme ses Représentans; il ne pourra se fier à vous, & vous n'aurez ni autorité ni force. Je l'ai déjà dit, & je le répète, le zèle, le talent, la vertu même ne peuvent rien sans des loix établies. C'est de loix, c'est d'*ordre* que nous avons besoin, & non pas d'invitations. Des Représentans ne suffisent pas pour régir une populace effrénée; il faut des Magistrats; ce titre seul peut lui en imposer, & nous perdons nos Représentans, si vous restez Magistrats. Hâtez-vous donc d'en nommer, & de vous restreindre à l'honorable fonction de suivre l'exécution des loix que vous aurez alors le temps de faire. Alors il y aura un ordre connu, une force publique & déterminée. Une fois nommés, ces Magistrats s'occuperont immédiatement & sans distraction de toutes les mesures actives; vous les recruterez cependant sans trouble & sans désordre, s'il en est besoin; vous réglerez progressivement, & sur les comptes qui vous seront rendus, les départemens, les formes de détail, les compétences, la durée des offices, leurs

leurs relations mutuelles ; & le courant des affaires, loin de troubler, d'arrêter & de croiser vos travaux, ne fera que leur apporter de moment en moment de nouvelles lumières & de nouvelles bases toujours plus sûres. Hâtez-vous, on vous le permet, de céder aux plus dignes d'entre vous le droit de commander, que vous n'osez ni ne devez garder pour vous-mêmes. Les méchans ont besoin qu'on leur commande, les bons ne craignent pas d'obéir. Les méchans bravent celui qui ne peut qu'inviter, ils tremblent sous celui qui peut ordonner & punir, & c'est à ce point seul que tient le repos, la conservation, le salut d'une Ville près de périr.

Je suis avec respect,

MESSIEURS,

Votre très-humble & très-obéissant serviteur,

COQUÉAU,

Citoyen du District de S. Germain-l'Auxerrois.

Paris, le 15 Septembre 1789.

www.ingramcontent.com/pod-product-compliance
Ingram Content Group UK Ltd.
Pitfield, Milton Keynes, MK11 3LW, UK
UKHW012121240726
13965UKWH00005B/1887

9 782013 091220